KB217968

하늘과 바람과 별과 시

하늘과 바람과 별과 시

Heaven and Wind and Stars and Poems

윤동주 지음

더클래식

/
차
례
/

정지용 서문(序文)

서(序)—랄 것이 아니라,

내가 무엇이고 정성껏 몇 마디 써야만 할 의무를 가졌건만 붓을 잡기가 죽기보다 싫은 날, 나는 천의를 뒤집어쓰고 차라리 병(病) 아닌 신음을 하고 있다.

무엇이라고 써야 하나?

재조(才操)도 탕진하고 용기도 상실하고 8·15 이후에 나는 부당하게도 늙어간다.

누가 있어서 "너는 일편(一片)의 정성까지도 잃었느냐?" 질타한다면 소허(少許) 항론(抗論)이 없이 앉음을 고쳐 무릎을 꿇으리라.

아직 무릎을 꿇을 만한 기력이 남았기에 나는 이 붓을 들어 시인 윤동주의 유고(遺稿)에 분향(焚香)하노라.

겨우 30여 편 되는 유시(遺詩) 이외에 윤동주의 시인됨에 관한 목증(目證)한 바 재료를 나는 갖지 않았다.

'호사유피(虎死留皮)'라는 말이 있겠다. 범이 죽어 가죽이 남았다면 그의 호피(虎皮)를 감정하여 '수남(壽男)'이라고 하랴? '복동(福童)'이라고 하랴? 범이란 범이 모조리 이름이 없었던 것이다.

내가 시인 윤동주를 몰랐기로소니 윤동주의 시가 바로 '시'고 보면 그만 아니냐?

호피는 마침내 호피에 지나지 못하고 말 것이나, 그의 '시'로써 그의 '시인'됨을 알기는 어렵지 않은 일이다.

나도 모를 아픔을 오래 참다 처음으로 이곳에 찾아왔다. 그러나 나의 늙은 의사는 젊은이의 병을 모른다. 나한테는 병이 없다고 한다. 이 지나친 시련, 이 지나친 피로, 나는 성내서는 안 된다.

— 그의 유시(遺詩)〈병원〉중에서

그의 다음 동생 일주 군과 나의 문답, —

"형님이 살았으면 몇 살인고?"

"서른한 살입니다."

"죽기는 스물아홉에요—"

"간도에는 언제 가셨던고?"

"할아버지 때요."

"지나시기는 어떠했던고?"

"할아버지가 개척하여 소지주 정도였습니다."

“아버지는 무얼 하시노?”

“장사도 하시고 회사에도 다니시고 했지요.”

“아아, 간도에 시(詩)와 애수(哀愁)와 같은 것이 발효(醱酵)하기 비롯한다면 윤동주와 같은 세대에서부터였구나!” 나는 감상하였다.

봄이 오면
죄를 짓고
눈이
밝아

이브가 해산하는 수고를 다하면

무화과 잎사귀로 부끄런 데를 가리고
나는 이마에 땀을 흘려야겠다.

                    – 〈또 태초의 아침〉 중에서

다시 일주 군과 나와의 문답,—

“연전을 마치고 동지사에 가기는 몇 살이었던고?”

“스물 여섯 적입니다.”

"무슨 연애 같은 것이나 있었나?"

"하도 말이 없어서 모릅니다."

"술은?"

"먹는 것 못 보았습니다."

"담배는?"

"집에 와서는 어른들 때문에 피우는 것 못 보았습니다."

"인색하진 않았나?"

"누가 달라면 책이나 셔츠나 거져 줍데다."

"공부는?"

"책을 보다가도 집에서나 남이 원하면 시간까지도 아끼지 않읍데다."

"심술(心術)은?"

"순하디 순하였습니다."

"몸은?"

"중학 때 축구선수였습니다."

"주책(主策)은?"

"남이 하자는 대로 하다가도 함부로 속을 주지는 않읍데다."

코카서스 산중에서 도망해 온 토끼처럼

둘러리를 빙빙 돌며 간을 지키자,

내가 오래 기르던 여윈 독수리야!
와서 뜯어 먹어라, 시름없이

너는 살지고
나는 여위어야지, 그러나,

− 〈간(肝)〉 중에서

노자 오천언(伍天言)에,
'허기심(虛基心) 실기복(實基腹) 약기지(弱其志) 강기골(强其骨)'
이라는 구가 있다.

청년 윤동주는 의지가 약하였을 것이다. 그렇기에 서정시에 우
수한 것이겠고, 그러나 뼈가 강하였던 것이리라. 그렇기에 일적
(日賊)에게 살을 내던지고 뼈를 차지한 것이 아니었던가?

무시무시한 고독에서 죽었구나! 29세가 되도록 시도 발표하여
본 적도 없이!

일제 시대에 날뛰던 부일문사(附日文士) 놈들의 글이 다시 보아
침을 뱉을 것뿐이나, 무명(無名) 윤동주가 부끄럽지 않고 슬프고
아름답기 한이 없는 시를 남기지 않았나?

시와 시인은 원래 이러한 것이다.

행복한 예수 그리스도에게

처럼

십자가가 허락된다면

모가지를 드리우고

꽃처럼 피어나는 피를

어두워가는 하늘 밑에

조용히 흘리겠습니다.

- 〈십자가〉 중에서

일제 헌병은 동(冬) 섣달에도 꽃과 같은, 얼음 아래 다시 한 마리 잉어와 같은 조선 청년 시인을 죽이고 제 나라를 망치었다.

뼈가 강한 죄로 죽은 윤동주의 백골은 이제 고토(故土) 간도에 누워 있다.

고향에 돌아온 날 밤에

내 백골이 따라와 한방에 누웠다.

어둔 방은 우주로 통하고

하늘에선가 소리처럼 바람이 불어온다.

어둠 속에 곱게 풍화작용하는
백골을 들여다보며
눈물 짓는 것이 내가 우는 것이냐
백골이 우는 것이냐
아름다운 혼이 우는 것이냐

지조 높은 개는
밤을 새워 어둠을 짖는다.

어둠을 짖는 개는
나를 쫓는 것일 게다.

가자 가자
쫓기우는 사람처럼 가자
백골 몰래
아름다운 또 다른 고향에 가자.

–〈또 다른 고향〉

만일 윤동주가 이제 살아 있다고 하면 그의 시가 어떻게 진전하
겠느냐는 문제.

그의 친우 김삼불 씨의 추도사와 같이 틀림없이, 아무렴! 또 다시 다른 길로 분연 매진할 것이다.

1947년 12월 28일

지 용

서시(序詩)

죽는 날까지 하늘을 우러러
한 점 부끄럼이 없기를,
잎새에 이는 바람에도
나는 괴로워했다.
별을 노래하는 마음으로
모든 죽어 가는 것을 사랑해야지
그리고 나한테 주어진 길을
걸어가야겠다.

오늘 밤에도 별이 바람에 스치운다.

1941.11

하늘과 바람과 별과 시

1

자화상

산모퉁이를 돌아 논가 외딴 우물을 홀로 찾아가선 가만히 들여다봅니다.

우물 속에는 달이 밝고 구름이 흐르고 하늘이 펼치고 파아란 바람이 불고 가을이 있습니다.

그리고 한 사나이가 있습니다.
어쩐지 그 사나이가 미워져 돌아갑니다.

돌아가다 생각하니 그 사나이가 가엾어집니다.
도로 가 들여다보니 사나이는 그대로 있습니다.

다시 그 사나이가 미워져 돌아갑니다.
돌아가다 생각하니 그 사나이가 그리워집니다.

우물 속에는 달이 밝고 구름이 흐르고 하늘이 펼치고 파아란 바
람이 불고 가을이 있고 추억처럼 사나이가 있습니다.

1939.9

소년

　여기저기서 단풍잎 같은 슬픈 가을이 뚝뚝 떨어진다. 단풍잎 떨어져 나온 자리마다 봄을 마련해 놓고 나뭇가지 위에 하늘이 펼쳐 있다. 가만히 하늘을 들여다보려면 눈썹에 파란 물감이 든다. 두 손으로 따뜻한 볼을 쓸어보면 손바닥에도 파란 물감이 묻어난다. 다시 손바닥을 들여다본다. 손금에는 맑은 강물이 흐르고, 맑은 강물이 흐르고, 강물 속에는 사랑처럼 슬픈 얼굴—아름다운 순이 (順伊)의 얼굴이 어린다. 소년은 황홀히 눈을 감아 본다. 그래도 맑은 강물은 흘러 사랑처럼 슬픈 얼굴— 아름다운 순이의 얼굴은 어린다.

1939

눈 오는 지도

　순이(順伊)가 떠난다는 아침에 말 못할 마음으로 함박눈이 내려, 슬픈 것처럼 창밖에 아득히 깔린 지도 위에 덮인다. 방 안을 돌아다보아야 아무도 없다. 벽과 천정이 하얗다. 방 안에까지 눈이 내리는 것일까, 정말 너는 잃어버린 역사처럼 홀홀히 가는 것이냐, 떠나기 전에 일러둘 말이 있던 것을 편지를 써서도 네가 가는 곳을 몰라 어느 거리, 어느 마을, 어느 지붕 밑, 너는 내 마음속에만 남아 있는 것이냐, 네 쪼고만 발자욱을 눈이 자꾸 내려 덮여 따라갈 수도 없다. 눈이 녹으면 남은 발자욱 자리마다 꽃이 피리니 꽃 사이로 발자욱을 찾아 나서면 일 년 열두 달 하냥* 내 마음에는 눈이 내리리라.

1941.3

* 하냥 : '늘', '함께'의 방언

돌아와 보는 밤

세상으로부터 돌아오듯이 이제 내 좁은 방에 돌아와 불을 끄옵니다. 불을 켜두는 것은 너무나 피로롭은 일이옵니다. 그것은 낮의 연장이옵기에—

이제 창을 열어 공기를 바꾸어 들여야 할 텐데 밖을 가만히 내다보아야 방 안과 같이 어두워 꼭 세상 같은데 비를 맞고 오든 길이 그대로 빗속에 젖어 있사옵니다.

하루의 울분을 씻을 바 없어 가만히 눈을 감으면 마음속으로 흐르는 소리, 이제 사상(思想)이 능금처럼 저절로 익어 가옵니다.

1941.6

병원

　살구나무 그늘로 얼굴을 가리고 병원 뒤뜰에 누워, 젊은 여자가 흰옷 아래로 하얀 다리를 드러내놓고 일광욕을 한다. 한나절이 기울도록 가슴을 앓는다는 이 여자를 찾아오는 이, 나비 한 마리도 없다. 슬프지도 않은 살구나무 가지에는 바람조차 없다.

　나도 모를 아픔을 오래 참다 처음으로 이곳에 찾아왔다. 그러나 나의 늙은 의사는 젊은이의 병을 모른다. 나한테는 병이 없다고 한다. 이 지나친 시련, 이 지나친 피로, 나는 성내서는 안 된다.

　여자는 자리에서 일어나 옷깃을 여미고 화단에서 금잔화 한 포기를 따 가슴에 꽂고 병실 안으로 사라진다. 나는 그 여자의 건강이— 아니 내 건강도 속히 회복되기를 바라며 그가 누웠던 자리에 누워 본다.

새로운 길

내를 건너서 숲으로
고개를 넘어서 마을로

어제도 가고 오늘도 갈
나의 길 새로운 길

민들레가 피고 까치가 날고
아가씨가 지나고 바람이 일고

나의 길은 언제나 새로운 길
오늘도…… 내일도……

내를 건너서 숲으로
고개를 넘어서 마을로

간판 없는 거리

정거장 플랫폼에
내렸을 때 아무도 없어,

다들 손님들뿐,
손님 같은 사람들뿐,

집집마다 간판이 없어
집 찾을 근심이 없어

빨갛게
파랗게
불 붙는 문자(文字)도 없이

모퉁이마다
자애로운 헌 와사등에
불을 켜놓고,

손목을 잡으면
다들, 어진 사람들
다들, 어진 사람들

봄, 여름, 가을, 겨울
순서로 돌아들고.

1941

태초의 아침

봄날 아침도 아니고
여름, 가을, 겨울,
그런 날 아침도 아닌 아침에

빨-간 꽃이 피어났네,
햇빛이 푸른데,

그 전날 밤에
그 전날 밤에
모든 것이 마련되었네,

사랑은 뱀과 함께
독(毒)은 어린 꽃과 함께

또 태초의 아침

하얗게 눈이 덮이었고
전신주가 잉잉 울어
하나님 말씀이 들려온다.

무슨 계시일까.

빨리
봄이 오면
죄를 짓고
눈이
밝아

이브가 해산(解産)하는 수고를 다하면

무화과 잎사귀로 부끄런 데를 가리고

나는 이마에 땀을 흘려야겠다.

1941.5

새벽이 올 때까지

다들 죽어 가는 사람들에게
검은 옷을 입히시오.

다들 살아가는 사람들에게
흰 옷을 입히시오.

그리고 한 침대에
가지런히 잠을 재우시오.

다들 울거들랑
젖을 먹이시오.

이제 새벽이 오면
나팔 소리 들려올 게외다.

무서운 시간

거 나를 부르는 것이 누구요,

가랑잎 이파리 푸르러 나오는 그늘인데,
나 아직 여기 호흡이 남아 있소.

한번도 손들어 보지 못한 나를
손들어 표할 하늘도 없는 나를

어디에 내 한몸 둘 하늘이 있어
나를 부르는 것이오.

일을 마치고 내 죽는 날 아침에는
서럽지도 않은 가랑잎이 떨어질 텐데⋯⋯

나를 부르지 마오.

십자가

쫓아오던 햇빛인데
지금 교회당 꼭대기
십자가에 걸리었습니다.

첨탑이 저렇게도 높은데
어떻게 올라갈 수 있을까요.

종소리도 들려오지 않는데
휘파람이나 불며 서성거리다가,

괴로웠던 사나이,
행복한 예수 그리스도에게
처럼
십자가가 허락된다면

모가지를 드리우고
꽃처럼 피어나는 피를
어두워 가는 하늘 밑에
조용히 흘리겠습니다.

1941.5

바람이 불어

바람이 어디로부터 불어와
어디로 불려 가는 것일까,

바람이 부는데
내 괴로움에는 이유가 없다.

내 괴로움에는 이유가 없을까,

단 한 여자를 사랑한 일도 없다.
시대를 슬퍼한 일도 없다.

바람이 자꾸 부는데
내 발이 반석 위에 섰다.

강물이 자꾸 흐르는데
내 발이 언덕 위에 섰다.

1941.6

슬픈 족속

흰 수건이 검은 머리를 두르고
흰 고무신이 거친 발에 걸리우다.

흰 저고리 치마가 슬픈 몸집을 가리고
흰 띠가 가는 허리를 질끈 동이다.

1938.9

눈 감고 간다

태양을 사모하는 아이들아
별을 사랑하는 아이들아
밤이 어두웠는데
눈 감고 가거라.

가진바 씨앗을
뿌리면서 가거라.
발뿌리에 돌이 채이거든
감았던 눈을 와짝 떠라.

1941.5

또 다른 고향

고향에 돌아온 날 밤에
내 백골이 따라와 한 방에 누웠다.

어둔 방은 우주로 통하고
하늘에선가 소리처럼 바람이 불어온다.

어둠 속에 곱게 풍화작용하는
백골을 들여다보며
눈물짓는 것이 내가 우는 것이냐
백골이 우는 것이냐
아름다운 혼이 우는 것이냐

지조 높은 개는
밤을 새워 어둠을 짖는다.

어둠을 짖는 개는
나를 쫓는 것일 게다.

가자 가자
쫓기우는 사람처럼 가자
백골 몰래
아름다운 또 다른 고향에 가자.

1941.9

길

잃어버렸습니다.
무얼 어디다 잃었는지 몰라
두 손이 주머니를 더듬어
길에 나아갑니다.

돌과 돌과 돌이 끝없이 연달아
길은 돌담을 끼고 갑니다.

담은 쇠문을 굳게 닫아
길 위에 긴 그림자를 드리우고

길은 아침에서 저녁으로
저녁에서 아침으로 통했습니다.

돌담을 더듬어 눈물짓다
쳐다보면 하늘은 부끄럽게 푸릅니다.

풀 한 포기 없는 이 길을 걷는 것은
담 저쪽에 내가 남아 있는 까닭이고,

내가 사는 것은, 다만,
잃은 것을 찾는 까닭입니다.

1941.9

별 헤는 밤

계절이 지나가는 하늘에는
가을로 가득 차 있습니다.

나는 아무 걱정도 없이
가을 속의 별들을 다 헤일 듯합니다.

가슴속에 하나 둘 새겨지는 별을
이제 다 못 헤는 것은
쉬이 아침이 오는 까닭이요,
내일 밤이 남은 까닭이요,
아직 나의 청춘이 다하지 않은 까닭입니다.

별 하나에 추억과

별 하나에 사랑과

별 하나에 쓸쓸함과

별 하나에 동경과

별 하나에 시와

별 하나에 어머니, 어머니,

어머님, 나는 별 하나에 아름다운 말 한 마디씩 불러봅니다. 소학교 때 책상을 같이 했던 아이들의 이름과, 패(佩), 경(鏡), 옥(玉)이런 이국 소녀들의 이름과 벌써 애기 어머니 된 계집애들의 이름과, 가난한 이웃 사람들의 이름과, 비둘기, 강아지, 토끼, 노새, 노루, 프랜시스 잼, 라이너 마리아 릴케, 이런 시인의 이름을 불러봅니다.

이네들은 너무나 멀리 있습니다.
별이 아슬히 멀듯이,

어머님,
그리고 당신은 멀리 북간도에 계십니다.

나는 무엇인지 그리워
이 많은 별빛이 내린 언덕 위에
내 이름자를 써 보고,
흙으로 덮어 버리었습니다.

딴은 밤을 새워 우는 벌레는
부끄러운 이름을 슬퍼하는 까닭입니다.

그러나 겨울이 지나고 나의 별에도 봄이 오면
무덤 위에 파란 잔디가 피어나듯이
내 이름자 묻힌 언덕 위에도
자랑처럼 풀이 무성할 게외다.

1941.11

하늘과 바람과 별과 시

2

흰 그림자

황혼이 짙어지는 길모금에서
하루 종일 시들은 귀를 가만히 기울이면
땅거미 옮겨지는 발자취 소리,

발자취 소리를 들을 수 있도록
나는 총명했던가요.

이제 어리석게도 모든 것을 깨달은 다음
오래 마음 깊은 속에
괴로워하던 수많은 나를
하나, 둘 제 고장으로 돌려보내면
거리 모퉁이 어둠 속으로
소리 없이 사라지는 흰 그림자,

흰 그림자들
연연히 사랑하던 흰 그림자들,

내 모든 것을 돌려보낸 뒤
허전히 뒷골목을 돌아
황혼처럼 물드는 내 방으로 돌아오면

신념이 깊은 의젓한 양(羊)처럼
하루 종일 시름없이 풀포기나 뜯자.

1942.4

사랑스런 추억

봄이 오던 아침, 서울 어느 조그만 정거장에서
희망과 사랑처럼 기차를 기다려,

나는 플랫폼에 간신한 그림자를 떨어트리고,
담배를 피웠다.

내 그림자는 담배 연기 그림자를 날리고
비둘기 한 떼가 부끄러울 것도 없이
나래 속을 속, 속, 햇빛에 비춰, 날았다.

기차는 아무 새로운 소식도 없이
나를 멀리 실어다 주어,

봄은 다 가고― 동경 교외 어느 조용한
하숙방에서, 옛 거리에 남은 나를 희망과
사랑처럼 그리워한다.
오늘도 기차는 몇 번이나 무의미하게 지나가고,

오늘도 나는 누구를 기다려 정거장 가차운 언덕에서 서성거릴
게다.

―아아 젊음은 오래 거기 남아 있거라.

1942.5

흐르는 거리

으스럼히 안개가 흐른다. 거리가 흘러간다. 저 전차, 자동차, 모든 바퀴가 어디로 흘리워 가는 것일까? 정박할 아무 항구도 없이, 가련한 많은 사람들을 싣고서, 안개 속에 잠긴 거리는,

거리 모퉁이 붉은 포스트 상자를 붙잡고 섰을라면 모든 것이 흐르는 속에 어렴풋이 빛나는 가로등, 꺼지지 않는 것은 무슨 상징일까? 사랑하는 동무 박(朴)이여! 그리고 김(金)이여! 자네들은 지금 어디 있는가? 끝없이 안개가 흐르는데,

'새로운 날 아침 우리 다시 정답게 손목을 잡아 보세' 몇 자 적어 포스트 속에 떨어트리고, 밤을 새워 기다리면 금휘장에 금단추를 채우고 거인처럼 찬란히 나타나는 배달부, 아침과 함께 즐거운 내림(來臨),

이 밤을 하염없이 안개가 흐른다.

쉽게 쓰여진 시

창밖에 밤비가 속살거려
육첩방은 남의 나라,

시인이란 슬픈 천명인 줄 알면서도
한 줄 시를 적어 볼까,

땀내와 사랑내 포근히 품긴
보내 주신 학비 봉투를 받아

대학 노ー트를 끼고
늙은 교수의 강의 들으러 간다.

생각해보면 어린 때 동무를
하나, 둘, 죄다 잃어버리고

나는 무얼 바라
나는 다만, 홀로 침전하는 것일까?

인생은 살기 어렵다는데
시가 이렇게 쉽게 쓰여지는 것은
부끄러운 일이다.

육첩방은 남의 나라
창밖에 밤비가 속살거리는데,

등불을 밝혀 어둠을 조금 내몰고,
시대처럼 올 아침을 기다리는 최후의 나,

나는 나에게 작은 손을 내밀어
눈물과 위안으로 잡는 최초의 악수.

1942.6

봄

봄이 혈관 속에 시내처럼 흘러
돌, 돌, 시내 가차운 언덕에
개나리, 진달래, 노오란 배추꽃

삼동(三冬)을 참아 온 나는
풀포기처럼 피어난다.

즐거운 종달새야
어느 이랑에서 즐거웁게 솟쳐라.

푸르른 하늘은
아른아른 높기도 한데……

하늘과 바람과 별과 시

3

참회록

파란 녹이 낀 구리 거울 속에
내 얼굴이 남아 있는 것은
어느 왕조의 유물이기에
이다지도 욕될까

나는 나의 참회의 글을 한 줄에 줄이자
— 만 이십사 년 일 개월을
  무슨 기쁨을 바라 살아왔던가

내일이나 모레나 그 어느 즐거운 날에
나는 또 한 줄의 참회록을 써야 한다.
— 그때 그 젊은 나이에
  왜 그런 부끄런 고백을 했던가

밤이면 밤마다 나의 거울을
손바닥으로 발바닥으로 닦아보자.

그러면 어느 운석 밑으로 홀로 걸어가는
슬픈 사람의 뒷모양이
거울 속에 나타나 온다.

1942.1

간(肝)

바닷가 햇빛 바른 바위 위에
습한 간을 펴서 말리우자,

코카서스 산중에서 도망해 온 토끼처럼
둘러리를 빙빙 돌며 간을 지키자,

내가 오래 기르던 여윈 독수리야!
와서 뜯어 먹어라, 시름없이

너는 살찌고
나는 여위어야지, 그러나,

거북이야!
다시는 용궁의 유혹에 안 떨어진다.

프로메테우스 불쌍한 프로메테우스
불 도적한 죄로 목에 맷돌을 달고
끝없이 침전하는 프로메테우스,

1941.11

위로

거미란 놈이 흉한 심보로 병원 뒤뜰 난간과 꽃밭 사이 사람 발이 잘 닿지 않는 곳에 그물을 쳐 놓았다. 옥외 요양을 받는 젊은 사나이가 누워서 쳐다보기 바르게—

나비가 한 마리 꽃밭에 날아들다 그물에 걸리었다. 노 – 란 날개를 파득거려도 파득거려도 나비는 자꾸 감기우기만 한다. 거미가 쏜살같이 가더니 끝없는 끝없는 실을 뽑아 나비의 온몸을 감아버린다. 사나이는 긴 한숨을 쉬었다.

나이보담 무수한 고생 끝에 때를 잃고 병을 얻은 이 사나이를 위로할 말이— 거미줄을 헝클어 버리는 것밖에 위로의 말이 없었다.

1940.12

팔복(八福)
– 마태복음 5장 3~12절

슬퍼하는 자는 복이 있나니

슬퍼하는 자는 복이 있나니

슬퍼하는 자는 복이 있나니

슬퍼하는 자는 복이 있나니

슬퍼하는 자는 복이 있나니

슬퍼하는 자는 복이 있나니

슬퍼하는 자는 복이 있나니

슬퍼하는 자는 복이 있나니

저희가 영원히 슬플 것이오.

못 자는 밤

하나, 둘, 셋, 넷
············
밤은
많기도 하다.

달같이

연륜이 자라듯이
달이 자라는 고요한 밤에
달같이 외로운 사랑이
가슴 하나 뼈근히
연륜처럼 피어 나간다.

1939.9

고추밭

시들은 잎새 속에서
고 빠알간 살을 드러내 놓고,
고추는 방년(芳年)된 아가씬 양
땍볕*에 자꾸 익어 간다.

할머니는 바구니를 들고
밭머리에서 어정거리고
손가락 너어는 아이는
할머니 뒤만 따른다.

1938.10

* 땍볕 : '뙤약볕'의 방언

아우의 인상화

붉은 이마에 싸늘한 달이 서리어
아우의 얼굴은 슬픈 그림이다.

발걸음에 멈추어
살그머니 애띤 손을 잡으며
"너는 자라 무엇이 되려니"
"사람이 되지"
아우의 설운 진정코 설운 대답이다.

슬며시 잡았던 손을 놓고
아우의 얼굴을 다시 들여다본다.

싸늘한 달이 붉은 이마에 젖어
아우의 얼굴은 슬픈 그림이다.

사랑의 전당

순아 너는 내 전(殿)에 언제 들어왔던 것이냐?
내사 언제 네 전(殿)에 들어갔던 것이냐?

우리들의 전당은
고풍한 풍습이 어린 사랑의 전당

순아 암사슴처럼 수정 눈을 내려 감어라.
난 사자처럼 엉크린 머리를 고르련다.

우리들의 사랑은 한낱 벙어리였다.

성스런 촛대에 열(熱)한 불이 꺼지기 전
순아 너는 앞문으로 내달려라.

어둠과 바람이 유리창에 부닥치기 전
나는 영원한 사랑을 안은 채
뒷문으로 멀리 사라지련다.

이제 네게는 삼림 속의 아늑한 호수가 있고
내게는 준험한 산맥이 있다.

1938.6

이적(異蹟)

발에 터부한 것을 다 빼어 버리고
황혼이 호수 위로 걸어오듯이
나도 사뿐사뿐 걸어보리이까?

내사 이 호수가로
부르는 이 없이
불리워 온 것은
참말 이적이외다.

오늘따라
연정(戀情), 자홀(自惚), 시기(猜忌), 이것들이
자꾸 금메달처럼 만져지는구려

하나, 내 모든 것을 여념없이
물결에 씻어 보내려니
당신은 호면(湖面)으로 나를 불러내소서.

1938.6

비 오는 밤

쏴- 철썩! 파도 소리 문살에 부서져
잠 살포시 꿈이 흩어진다.

잠은 한낱 검은 고래 떼처럼 설레어,
달랠 아무런 재주도 없다.

불을 밝혀 잠옷을 정성스레 여미는
삼경(三更).
염원.

동경(憧憬)의 땅 강남에 또 홍수질 것만 싶어,
바다의 향수보다 더 호젓해진다.

1938.6

산골물

괴로운 사람아 괴로운 사람아
옷자락 물결 속에서도
가슴속 깊이 돌돌 샘물이 흘러
이 밤을 더불어 말할 이 없도다.
거리의 소음과 노래 부를 수 없도다.
그신 듯이 냇가에 앉았으니
사랑과 일을 거리에 맡기고
가만히 가만히
바다로 가자,
바다로 가자,

유언

후어－ㄴ한 방에
유언은 소리 없는 입놀림.

　바다에 진주 캐러 갔다는 아들
　해녀와 사랑을 속삭인다는 맏아들
　이밤에사 돌아오나 내다봐라―

평생 외롭던 아버지의 운명(殞命)
감기우는 눈에 슬픔이 어린다.

외딴집에 개가 짖고
휘양찬 달이 문살에 흐르는 밤.

1937.10

창

쉬는 시간마다
나는 창녘으로 갑니다.

—창은 산 가르침.

이글이글 불을 피워주소,
이 방에 찬 것이 서립니다.

단풍잎 하나
맴도나 보니
아마도 자그마한 선풍(旋風)이 인 게외다.

그래도 싸느란 유리창에
햇살이 쨍쨍한 무렵,
상학종(上學鐘)이 울어만 싶습니다.

바다

실어다 뿌리는
바람조차 시원타.

솔나무 가지마다 새춤히
고개를 돌리어 뼈들어지고,

밀치고
밀치운다.

이랑을 넘는 물결은
폭포처럼 피어오른다.

해변에 아이들이 모인다
찰찰 손을 씻고 구보로.

바다는 자꾸 섧어진다.
갈매기의 노래에……

돌아다보고 돌아다보고
돌아가는 오늘의 바다여!

1937.9

비로봉

만상을
굽어보기란—

무릎이
오들오들 떨린다.

백화
어려서 늙었다.

새가
나비가 된다.

정말 구름이
비가 된다.

옷자락이
춥다.

1937.9

산협(山峽)의 오후

내 노래는 오히려
섧은 산울림.

골짜기 길에
떨어진 그림자는
너무나 슬프구나

오후의 명상은
아- 졸려.

1937.9

명상

가즐가즐한 머리칼은 오막살이 처마 끝,
휘파람에 콧마루가 서운한 양 간질키오.

들창 같은 눈은 가볍게 닫혀
이 밤에 연정은 어둠처럼 골골이 스며드오.

1937.8

소낙비

번개, 뇌성, 왁자지근 뚜다려
머 – ㄴ 도회지에 낙뢰가 있어만 싶다.

벼룻장 엎어논 하늘로
살 같은 비가 살처럼 쏟아진다.

손바닥만 한 나의 정원이
마음같이 흐린 호수되기 일쑤다.

바람이 팽이처럼 돈다.
나무가 머리를 이루 잡지 못한다.

내 경건한 마음을 모셔들여
노아 때 하늘을 한 모금 마시다.

한란계(寒暖計)

싸늘한 대리석 기둥에 모가지를 비틀어 맨 한란계,
　문득 들여다볼 수 있는 운명(運命)한 오 척(尺) 육 촌(寸)의 허리
가는 수은주,
　마음은 유리관보다 맑소이다.

　혈관이 단조로워 신경질인 여론동물(輿論動物),
　가끔 분수 같은 냉(冷) 침을 억지로 삼키기에
　정력을 낭비합니다.

　영하로 손가락질할 수돌네 방처럼 추운 겨울보다
　해바라기 만발한 팔월 교정이 이상 곱소이다.
　피 끓을 그날이—

어제는 막 소낙비가 퍼붓더니 오늘은 좋은 날씨올시다.

동저고리 바람에 언덕으로, 숲으로 하시구려—

이렇게 가만가만 혼자서 귓속이야기를 하였습니다.

나는 또 내가 모르는 사이에—

나는 아마도 진실한 세기의 계절을 따라—

하늘만 보이는 울타리 안을 뛰쳐,

역사 같은 포지션을 지켜야 봅니다.

1937.7

풍경

봄바람을 등진 초록빛 바다
쏟아질 듯 쏟아질 듯 위태롭다.

잔주름 치마폭의 두둥실거리는 물결은
오스라질 듯 한껏 경쾌롭다.

마스트 끝에 붉은 깃발이
여인의 머리칼처럼 나부낀다.
   *   *

이 생생한 풍경을 앞세우며 뒤세우며
외 – ㄴ하루 거닐고 싶다.

―우중충한 오월 하늘 아래로,
―바닷빛 포기포기에 수놓은 언덕으로,

달밤

흐르는 달의 흰 물결을 밀쳐
여윈 나무 그림자를 밟으며
북망산을 향한 발걸음은 무거웁고
고독을 반려한 마음은 슬프기도 하다.

누가 있어만 싶은 묘지엔 아무도 없고,
정적만이 군데군데 흰 물결에 폭 젖었다.

1937.4

장

이른 아침 아낙네들은 시들은 생활을
바구니 하나 가득 담아 이고……
업고 지고…… 안고 들고……
모여드오 자꾸 장에 모여드오.

가난한 생활을 골골이 버려놓고
밀려가고 밀려오고……
저마다 생활을 외치오…… 싸우오.

왼 하루 올망졸망한 생활을
되질하고 저울질하고 자질하다가
날이 저물어 아낙네들이
쓴 생활과 바꾸어 또 이고 돌아가오.

1937.봄

밤

외양간 당나귀
아 - ㅇ 외마디 울음 울고,

당나귀 소리에
으 - 아 아 애기 소스라쳐 깨고,

등잔에 불을 다오.

아버지는 당나귀에게
짚을 한 키 담아 주고,

어머니는 애기에게
젖을 한 모금 먹이고,

밤은 다시 고요히 잠드오.

1937.3

황혼이 바다가 되어

하루도 검푸른 물결에
흐느적 잠기고…… 잠기고……

저— 웬 검은 고기 떼가
물든 바다를 날아 횡단할꼬.

낙엽이 된 해초
해초마다 슬프기도 하오.

서창에 걸린 해말간 풍경화.
옷고름 너어는 고아(孤兒)의 설움.

이제 첫 항해하는 마음을 먹고
방바닥에 나뒹구오…… 뒹구오……

황혼이 바다가 되어

오늘도 수많은 배가

나와 함께 이 물결에 잠겼을 게요.

1937.1

아침

휙, 휙, 휙
소꼬리가 부드러운 채찍질로
어둠을 쫓아,
캄, 캄, 어둠이 깊다 깊다 밝으오.

이제 이 동리(洞里)의 아침이
풀살 오른 소엉덩이처럼 푸르오.
이 동리 콩죽 먹은 사람들이
땀물을 뿌려 이 여름을 길렀소.
잎, 잎, 풀잎마다 땀방울이 맺혔소.

구김살 없는 이 아침을
심호흡하오 또 하오.

1936

빨래

빨래줄에 두 다리를 드리우고
흰 빨래들이 귓속 이야기하는 오후,

쨍쨍한 칠월 햇발은 고요히도
아담한 빨래에만 달린다.

1936

꿈은 깨어지고

잠은 눈을 떴다
그윽한 유무(幽霧)에서.

노래하는 종달이
도망쳐 날아나고,

지난날 봄타령하던
금잔디밭은 아니다.

탑은 무너졌다,
붉은 마음의 탑이—

손톱으로 새긴 대리석 탑이—
하룻저녁 폭풍에 여지없이도,

오오 황폐의 쑥밭,
눈물과 목메임이여!

꿈은 깨어졌다
탑은 무너졌다.

1936.7

산림

시계(時計)가 자근자근 가슴을 때려
불안한 마음을 산림이 부른다.

천년 오래인 연륜에 짜들은 유암(幽暗)한 산림이,
고달픈 한몸을 포옹할 인연을 가졌나 보다.

산림의 검은 파동 위로부터
어둠은 어린 가슴을 짓밟고

이파리를 흔드는 저녁 바람이
쏴— 공포에 떨게 한다.

멀리 첫여름의 개구리 재질댐에
흘러간 마을의 과거는 아질타.

나무 틈으로 반짝이는 별만이
새날의 희망으로 나를 이끈다.

1936.6

이런 날

사이좋은 정문의 두 돌기둥 끝에서
오색기와 태양기가 춤을 추는 날,
금을 그은 지역의 아이들이 즐거워하다.

아이들에게 하루의 건조한 학과(學課)로
해말간 권태가 깃들고
'모순(矛盾)' 두 자를 이해치 못하도록
머리가 단순하였구나.

이런 날에는
잃어버린 완고하던 형을
부르고 싶다.

1936.6

산상(山上)

거리가 바둑판처럼 보이고,
강물이 뱀의 새끼처럼 기는
산 위에까지 왔다.
아직쯤은 사람들이
바둑돌처럼 벌여 있으리라.

한나절의 태양이
함석지붕에만 비치고,
굼벵이 걸음을 하던 기차가
정거장에 섰다가 검은 내를 토하고
또 걸음발을 탄다.

텐트 같은 하늘이 무너져
이 거리를 덮을까 궁금하면서
좀 더 높은 데로 올라가고 싶다.

1936.5

양지(陽地)쪽

저쪽으로 황토 실은 이 땅 봄바람이
호인(胡人)의 물레바퀴처럼 돌아 지나고

아롱진 사월 태양의 손길이
벽을 등진 설움은 가슴마다 올올이 만진다.

지도째기 놀음에 뉘 땅인 줄 모르는 애 둘이
한 뼘 손가락이 짧음을 한(恨)함이여,

아서라! 가뜩이나 엷은 평화가
깨어질까 근심스럽다.

1936.6

103

닭

한 간(間) 계사(鷄舍) 그 너머 창공이 깃들어
자유의 향토를 잊은 닭들이
시들은 생활을 주잘대고
생산의 고로(苦勞)를 부르짖었다.

음산한 계사에서 쏠려 나온
외래종 레그혼,
학원에서 새무리가 밀려 나오는
삼월의 맑은 오후도 있다.

닭들은 녹아드는 두엄을 파기에
아담한 두 다리가 분주하고
굶주렸던 주두리가 바지런하다.
두 눈이 붉게 여물도록—

가슴 1

소리 없는 북,
답답하면 주먹으로
뚜다려 보오.

그래 봐도
후—
가아는 한숨보다 못하오.

1936.3 평양에서

가슴 2

불 꺼진 화(火)독을
안고 도는 겨울밤은 깊었다.

재만 남은 가슴이
문풍지 소리에 떤다.

1936.7

비둘기

안아보고 싶게 귀여운

산비둘기 일곱 마리

하늘 끝까지 보일 듯이 맑은 공일날 아침에

벼를 거두어 빤빤한 논에

앞을 다투어 모이를 주으며

어려운 이야기를 주고 받으오

날씬한 두 나래로 조용한 공기를 흔들어

두 마리가 나오

집에 새끼 생각이 나는 모양이오.

1936.3

황혼

햇살은 미닫이 틈으로
길죽한 일(一)자를 쓰고…… 지우고……

까마귀 떼 지붕 위로
둘, 둘, 셋, 넷, 자꾸 날아 지난다.
쑥쑥, 꿈틀꿈틀 북쪽 하늘로,

내사……
북쪽 하늘에 나래를 펴고 싶다.

1936.2 평양에서

남쪽 하늘

제비는 두 나래를 가지었다.
시산한 가을날—

어머니의 젖가슴이 그리운
서리 내리는 저녁—
어린 영(靈)은 쪽나래의 향수를 타고
남쪽 하늘에 떠돌 뿐—

1935.10 평양에서

창공

그 여름날

열정의 포플러는

오려는 창공의 푸른 젖가슴을

어루만지려

팔을 펼쳐 흔들거렸다.

끓는 태양 그늘 좁다란 지점에서

천막 같은 하늘 밑에서

떠들던, 소나기

그리고 번개를,

춤추던 구름은 이끌고

남방으로 도망하고,

높다랗게 창공은 한 폭으로

가지 위에 퍼지고

둥근 달과 기러기를 불러 왔다.

푸르른 어린 마음이 이상에 타고,
그의 동경(憧憬)의 날 가을에
조락(凋落)의 눈물을 비웃다.

1935.10 평양에서

거리에서

달밤의 거리
광풍이 휘날리는
북국의 거리
도시의 진주(眞珠)
전등 밑을 헤엄치는
조그만 인어 나,
달과 전등에 비쳐
한 몸에 둘셋의 그림자,
커졌다 작아졌다.

괴롬의 거리
회색빛 밤거리를
걷고 있는 이 마음
선풍(旋風)이 일고 있네

외로우면서도

한 갈피 두 갈피

피어나는 마음의 그림자,

푸른 공상이

높아졌다 낮아졌다.

1935.1

삶과 죽음

삶은 오늘도 죽음의 서곡을 노래하였다.
이 노래가 언제나 끝나랴

세상 사람은—
뼈를 녹여내는 듯한 삶의 노래에
춤을 춘다.
사람들은 해가 넘어가기 전
이 노래 끝의 공포를
생각할 사이가 없었다.

하늘 복판에 아로새기듯이
이 노래를 부른 자가 누구뇨

그리고 소낙비 그친 뒤같이도
이 노래를 그친 자가 누구뇨

죽고 뼈만 남은

죽음의 승리자 위인들!

1934.12

초 한 대

초 한 대—
내 방에 품긴 향내를 맡는다.

광명의 제단이 무너지기 전
나는 깨끗한 제물을 보았다.

염소의 갈비뼈 같은 그의 몸,
그의 생명인 심지까지
백옥 같은 눈물과 피를 흘려
불살려 버린다.

그리고도 책상머리에 아롱거리며
선녀처럼 촛불은 춤을 춘다.

매를 본 꿩이 도망하듯이
암흑이 창구멍으로 도망한
나의 방에 품긴
제물의 위대한 향내를 맛보노라.

1934.12

하늘과 바람과 별과 시

4

산울림

까치가 울어서
산울림,
아무도 못 들은
산울림,

까치가 들었다.
산울림,
저 혼자 들었다.
산울림.

1938.5

해바라기 얼굴

누나의 얼굴은
　해바라기 얼굴
해가 금방 뜨자
　일터에 간다.

해바라기 얼굴은
　누나의 얼굴
얼굴이 숙어들어
　집으로 온다.

귀뚜라미와 나와

귀뚜라미와 나와
잔디밭에서 이야기했다.

귀뚤귀뚤
귀뚤귀뚤

아무에게도 아르켜 주지 말고
우리 둘만 알자고 약속했다.

귀뚤귀뚤
귀뚤귀뚤

귀뚜라미와 나와
달 밝은 밤에 이야기했다.

애기의 새벽

우리 집에는
닭도 없단다.
다만
애기가 젖달라 울어서
새벽이 된다.

우리 집에는
시계도 없단다.
다만
애기가 젖달라 보채어
새벽이 된다.

햇빛 · 바람

손가락에 침 발러
쏘옥, 쏙, 쏙.
장에 가는 엄마 내다보려
문풍지를
쏘옥, 쏙, 쏙,

아침에 햇빛이 반짝,

손가락에 침발러
쏘옥, 쏙, 쏙
장에 가신 엄마 돌아오나
문풍지를
쏘옥, 쏙, 쏙,

저녁에 바람이 솔솔,

반딧불

가자 가자 가자
숲으로 가자
달조각을 주으러
숲으로 가자.

　그믐밤 반딧불은
　부서진 달조각,

가자 가자 가자
숲으로 가자
달조각을 주으러
숲으로 가자.

둘 다

바다도 푸르고
하늘도 푸르고

바다도 끝없고
하늘도 끝없고

바다에 돌 던지고
하늘에 침 뱉고

바다는 벙글
하늘은 잠잠.

거짓부리

똑, 똑, 똑
문 좀 열어주세요
하룻밤 자고 갑시다.
　밤은 깊고 날은 추운데
　거 누굴까?
문 열어주고 보니
검둥이의 꼬리가
거짓부리한걸.

꼬끼오, 꼬끼오,
달걀 낳았다.
간난아 어서 집어 가거라
　간난이 뛰어가 보니
　달걀은 무슨 달걀,

고놈의 암탉이
대낮에 새빨간
거짓부리한걸.

눈

지난밤에
눈이 소오복이 왔네

지붕이랑
길이랑 밭이랑
추워한다고
덮어주는 이불인가 봐

그러기에
추운 겨울에만 내리지

1936.12

참새

가을 지난 마당은 하이얀 종이
참새들이 글씨를 공부하지요.

째액째액 입으로 받아 읽으며
두 발로는 글씨를 연습하지요.

하루 종일 글씨를 공부하여도
쩩자 한 자밖에는 더 못 쓰는걸.

1936.12

버선본

어머니
누나 쓰다 버린 습자지는
두었다간 뭣에 쓰나요?

그런 줄 몰랐더니
습자지에다 내 버선 놓고
가위로 오려
버선본 만드는걸.

어머니
내가 쓰다 버린 몽당연필은
두었다간 뭣에 쓰나요?

그런 줄 몰랐더니
천 위에다 버선본 놓고
침 발라 점을 찍곤
내 버선 만드는걸.

1936.12

편지

누나!
이 겨울에도
눈이 가득히 왔습니다.

흰 봉투에
눈을 한 줌 넣고
글씨도 쓰지 말고
우표도 붙이지 말고
말쑥하게 그대로
편지를 부칠까요?

누나 가신 나라엔
눈이 아니 온다기에.

봄

우리 애기는
아래발치에서 코올코올,

고양이는
부뚜막에서 가릉가릉,

애기 바람이
나뭇가지에서 소올소올,

아저씨 햇님이
하늘 한가운데서 째앵째앵.

1936.10

무얼 먹고 사나

바닷가 사람

물고기 잡아 먹고 살고

산골엣 사람

감자 구워 먹고 살고

별나라 사람

무얼 먹고 사나.

1936.10

굴뚝

산골짜기 오막살이 낮은 굴뚝엔
몽기몽기 웨인 연기 대낮에 솟나,

감자를 굽는 게지 총각애들이
깜박깜박 검은 눈이 모여 앉아서
입술에 꺼멓게 숯을 바르고
옛이야기 한 커리*에 감자 하나씩.

산골짜기 오막살이 낮은 굴뚝엔
살랑살랑 솟아나네 감자 굽는 내.

1936.가을

* 커리 : 켤레의 방언. 신, 양말, 버선, 방망이 따위의 짝이 되는 두 개를 한 벌로 세는 단위

햇비

아씨처럼 내린다
보슬보슬 햇비
맞아 주자 다 같이
　옥수숫대처럼 크게
　닷자 엿자 자라게
　햇님이 웃는다
　나 보고 웃는다

하늘다리 놓였다
알롱알롱 무지개
노래하자 즐겁게
　동무들아 이리 오나
　다 같이 춤을 추자
　햇님이 웃는다
　즐거워 웃는다

빗자루

요오리 조리 베면 저고리 되고
이이렇게 베면 큰 총 되지.
　　누나하고 나하고
　　가위로 종이 쏠았더니
　　어머니가 빗자루 들고
　　누나 하나 나 하나
　　엉덩이를 때렸소
　　방바닥이 어지럽다고—
　　아아니 아니
　　고놈의 빗자루가
　　방바닥 쓸기 싫으니
　　그랬지 그랬어
괘씸하여 벽장 속에 감췄더니
이튿날 아침 빗자루가 없다고
어머니가 야단이지요.

기왓장 내외

비 오는 날 저녁에 기왓장 내외
잃어버린 외아들 생각나선지
꼬부라진 잔등을 어루만지며
쭈룩쭈룩 구슬피 울음 웁니다.

대궐 지붕 위에서 기왓장 내외
아름답든 옛날이 그리워선지
주름 잡힌 얼굴을 어루만지며
물끄러미 하늘만 쳐다봅니다.

오줌싸개 지도

빨래줄에 걸어 논
　요에다 그린 지도
지난밤에 내 동생
　오줌 싸 그린 지도

꿈에 가본 엄마 계신
　별나라 지돈가?
돈 벌러 간 아빠 계신
　만주 땅 지돈가?

1936

병아리

'뾰, 뾰, 뾰
엄마 젖 좀 주'
병아리 소리.

'꺽, 꺽, 꺽
오냐 좀 기다려'
엄마닭 소리.

좀 있다가
병아리들은
엄마 품속으로
다 들어갔지요.

1936.1

조개껍질

아롱아롱 조개껍데기
울 언니 바닷가에서
주워 온 조개껍데기

여긴여긴 북쪽나라요
조개는 귀여운 선물
장난감 조개껍데기

데굴데굴 굴리며 놀다
짝 잃은 조개껍데기
한 짝을 그리워하네

아롱아롱 조개껍데기
나처럼 그리워하네
물소리 바닷물 소리.

겨울

처마 밑에
시래기 다래미
바삭바삭
추워요.

길바닥에
말똥 동그램이
달랑달랑
얼어요.

하늘과 바람과 별과 시

5

투르게네프의 언덕

나는 고개길을 넘고 있었다…… 그때 세 소년 거지가 나를 지나 쳤다.

첫째 아이는 잔등에 바구니를 둘러메고, 바구니 속에는 사이다 병, 간즈메통, 쇳조각, 헌 양말짝 등 폐물이 가득하였다.

둘째 아이도 그러하였다.

셋째 아이도 그러하였다.

텁수룩한 머리털, 시커먼 얼굴에 눈물 고인 충혈된 눈, 색 잃어 푸르스름한 입술, 너덜너덜한 남루, 찢겨진 맨발,

아아 얼마나 무서운 가난이 이 어린 소년들을 삼키었느냐!

나는 측은한 마음이 움직이었다.

나는 호주머니를 뒤지었다. 두툼한 지갑, 시계, 손수건,…… 있 을 것은 죄다 있었다.

그러나 무턱대고 이것들을 내줄 용기는 없었다. 손으로 만지작 만지작거릴 뿐이었다.

다정스레 이야기나 하리라 하고 "얘들아" 불러보았다.

첫째 아이가 충혈된 눈으로 흘끔 돌아다볼 뿐이었다.

둘째 아이도 그리할 뿐이었다.

셋째 아이도 그러할 뿐이었다.

그리고는 너는 상관없다는 듯이 자기네끼리 소근소근 이야기 하면서 고개를 넘어갔다.

언덕 위에는 아무도 없었다.

짙어가는 황혼이 밀려들 뿐

1939.9

달을 쏘다

번거롭던 사위(四圍)가 잠잠해지고 시계 소리가 또렷하다 보니 밤은 적이 깊을 대로 깊은 모양이다. 보던 책자를 책상머리에 밀어놓고 잠자리를 수습한 다음 잠옷을 걸치는 것이다. '딱' 스위치 소리와 함께 전등을 끄고 창(窓)역의 침대에 드러누우니 이때까지 밖은 휘양찬 달밤이었던 것을 감각치 못하였었다. 이것도 밝은 전등의 혜택이었을까.

나의 누추한 방이 달빛에 잠겨 아름다운 그림이 된다는 것보담도 오히려 슬픈 선창(船艙)이 되는 것이다. 창살이 이마로부터 콧마루, 입술, 이렇게 하얀 가슴에 여민 손등에까지 어른거려 나의 마음을 간지르는 것이다. 옆에 누운 분의 숨소리에 방은 무시무시해진다. 아이처럼 황황해지는 가슴에 눈을 치떠서 밖을 내다보니 가을 하늘은 역시 맑고 우거진 송림은 한 폭의 묵화다. 달빛은 솔가지에 솔가지에 쏟아져 바람인 양 쏴—소리가 날 듯하다. 들리는 것은 시계 소리와 숨소리와 귀또리 울음뿐 벅쩍 고던 기숙사도 절간보다 더한층 고요한 것이 아니냐?

나는 깊은 사념에 잠기우기 한창이다. 따는 사랑스런 아가씨를 사유(私有)할 수 있는 아름다운 상화(想華)도 좋고, 어린 적 미련을 두고 온 고향에의 향수도 좋거니와 그보담 손쉽게 표현 못할 심각한 그 무엇이 있다.

　바다를 건너온 H군의 편지 사연을 곰곰 생각할수록 사람과 사람 사이의 감정이란 미묘한 것이다. 감상적인 그에게도 필연코 가을은 왔나 보다.

　편지는 너무나 지나치지 않았던가. 그중 한 토막,

　"군(君)아, 나는 지금 울며울며 이 글을 쓴다. 이 밤도 달이 뜨고, 바람이 불고, 인간인 까닭에 가을이란 흙냄새도 안다. 정(情)의 눈물, 따뜻한 예술학도였던 정의 눈물도 이 밤이 마지막이다."

　또 마지막 켠으로 이런 구절이 있다.

　"당신은 나를 영원히 쫓아버리는 것이 정직할 것이오."

　나는 이 글의 뉘앙스를 해득(解得)할 수 있다. 그러나 사실 나는 그에게 아픈 소리 한마디 한 일이 없고 서러운 글 한 쪽 보낸 일이 없지 아니한가. 생각건대 이 죄는 다만 가을에게 지워 보낼 수밖에 없다.

홍안서생(紅顔書生)으로 이런 단안(斷案)을 내리는 것은 외람한 일이나 동무란 한낱 괴로운 존재요 우정이란 진정코 위태로운 잔에 떠놓은 물이다. 이 말을 반대할 자 누구랴. 그러나 지기(知己) 하나 얻기 힘들다 하거늘 알뜰한 동무 하나 잃어버린다는 것이 살을 베어내는 아픔이다.

나는 나를 정원에서 발견하고 창을 넘어 나왔다든가 방문을 열고 나왔다든가 왜 나왔느냐 하는 어리석은 생각에 두뇌를 괴롭게 할 필요는 없는 것이다. 다만 귀또리 울음에도 수줍어지는 코스모스 앞에 그윽히 서서 닥터 빌링스의 동상 그림자처럼 슬퍼지면 그만이다. 나는 이 마음을 아무에게나 전가시킬 심보는 없다. 옷깃은 민감이어서 달빛에도 싸늘히 추워지고 가을 이슬이란 선득선득하여서 설운 사나이의 눈물인 것이다.

발걸음은 몸뚱이를 옮겨 못가에 세워줄 때 못 속에도 역시 가을이 있고, 삼경(三更)이 있고, 나무가 있고, 달이 있다.

그 찰나 가을이 원망스럽고 달이 미워진다. 더듬어 돌을 찾아 달을 향하여 죽어라고 팔매질을 하였다. 통쾌! 달은 산산이 부서지고 말았다. 그러나 놀랐던 물결이 잦아들 때 오래잖아 달은 도로 살아난 것이 아니냐, 문득 하늘을 쳐다보니 얄미운 달은 머리 위에서 빈정대는 것을……

나는 꼿꼿한 나뭇가지를 고나 띠를 째서 줄을 메어 훌륭한 활을 만들었다. 그리고 좀 탄탄한 갈대로 화살을 삼아 무사의 마음을 먹고 달을 쏘다.

1938.10

별똥 떨어진 데

밤이다.

하늘은 푸르다 못해 농회색(濃灰色)으로 캄캄하나 별들만은 또렷또렷 빛난다. 침침한 어둠뿐만 아니라 오삭오삭 춥다. 이 육중한 기류 가운데 자조하는 한 젊은이가 있다. 그를 나라고 불러두자.

나는 이 어둠에서 배태(胚胎)되고 이 어둠에서 생장하여서 아직도 이 어둠 속에 그대로 생존하나 보다. 이제 내가 갈 곳이 어딘지 몰라 허우적거리는 것이다. 하기는 나는 세기의 초점인 듯 초췌하다. 얼핏 생각하기에는 내 바닥을 반듯이 받들어 주는 것도 없고 그렇다고 내 머리를 갑박이 내려누르는 아무것도 없는 듯하다마는 내막은 그렇지도 않다. 나는 도무지 자유스럽지 못하다. 다만 나는 없는 듯 있는 하루살이처럼 허공에 부유하는 한 점에 지나지 않는다. 이것이 하루살이처럼 경쾌하다면 마침 다행할 것인데 그렇지를 못하구나!

이 점의 대칭위치에 또 다른 밝음(明)의 초점이 도사리고 있는 듯 생각된다. 덥석 움키었으면 잡힐 듯도 하다.

마는 그것을 휘잡기에는 나 자신이 둔질(鈍質)이라는 것보다 오히려 내 마음에 아무런 준비도 배포치 못한 것이 아니냐. 그러고 보니 행복이란 별스런 손님을 불러들이기에도 또 다른 한 가닥 구실을 치르지 않으면 안 될까 보다.

이 밤이 나에게 있어 어린적처럼 한낱 공포의 장막인 것은 벌써 흘러간 전설이오. 따라서 이 밤이 향락의 도가니라는 이야기도 나의 염원에선 아직 소화시키지 못할 돌덩이다. 오로지 밤은 나의 도전의 호적(好適)이면 그만이다.

이것이 생생한 관념 세계에만 머무른다면 애석한 일이다. 어둠 속에 깜박깜박 졸며 다닥다닥 나란히 한 초가들이 아름다운 시의 화사(華詞)가 될 수 있다는 것은 벌써 지나간 제너레이션의 이야기요, 오늘에 있어서는 다만 말 못하는 비극의 배경이다.

이제 닭이 홰를 치면서 맵짠 울음을 뽑아 밤을 쫓고 어둠을 짓내몰아 동켠으로 훠ㅡㄴ히 새벽이란 새로운 손님을 불러온다 하자. 하나 경망스럽게 그리 반가워할 것은 없다. 보아라 가령 새벽이 왔다 하더라도 이 마을은 그대로 암담하고 나도 그대로 암담하고 하여서 너나 나나 이 가랑지길에서 주저주저 아니치 못할 존재들이 아니냐.

나무가 있다.

그는 나의 오랜 이웃이요 벗이다. 그렇다고 그와 내가 성격이나 환경이나 생활이 공통한 데 있어서가 아니다. 말하자면 극단과 극단 사이에도 애정이 관통할 수 있다는 기적적인 교분(交分)의 표본에 지나지 못할 것이다.

나는 처음 그를 퍽 불행한 존재로 가소롭게 여겼다. 그의 앞에 설 때 슬퍼지고 측은한 마음이 앞을 가리곤 하였다. 마는 돌이켜 생각건대 나무처럼 행복한 생물은 다시 없을 듯하다. 굳음에는 이루 비길 데 없는 바위에도 그리 탐탁지는 못할망정 자양분이 있다 하거늘 어디로 간들 생의 뿌리를 박지 못하며 어디로 간들 생활의 불평이 있을소냐, 칙칙하면 솔솔 솔바람이 불어오고, 심심하면 새가 와서 노래를 부르다 가고, 출출하면 한 줄기 비가 오고, 밤이면 수많은 별들과 오손도손 이야기할 수 있고— 보다 나무는 행동의 방향이란 거추장스런 과제에 봉착하지 않고 인위적으로든 우연으로서든 탄생시켜준 자리를 지켜 무진무궁한 영양소를 흡취(吸取)하고 영롱한 햇빛을 받아들여 손쉽게 생활을 영위하고 오로지 하늘만 바라고 뻗어질 수 있는 것이 무엇보다 행복스럽지 않으냐.

이 밤도 과제를 풀지 못하여 안타까운 나의 마음에 나무의 마음이 점점 옮아오는 듯하고, 행동할 수 있는 자랑을 자랑치 못함에 뼈저리듯 하나 나의 젊은 선배의 웅변에 왈 선배도 믿지 못할 것이라니 그러면 영리한 나무에게 나의 방향을 물어야 할 것인가.

어디로 가야 하느냐 동이 어디냐 서가 어디냐 남이 어디냐 아

154

차! 저 별이 번쩍 흐른다. 별똥 떨어진 데가 내가 갈 곳인가 보다. 하면 별똥아! 꼭 떨어져야 할 곳에 떨어져야 한다.

화원에 꽃이 핀다

개나리, 진달래, 앉은뱅이, 라일락, 민들레, 찔레, 복사, 들장미, 해당화, 모란, 릴리, 창포, 튤립, 카네이션, 봉선화, 백일홍, 채송화, 달리아, 해바라기, 코스모스— 코스모스가 홀홀히 떨어지는 날 우주의 마지막은 아닙니다. 여기에 푸른 하늘이 높아지고 빨간 노란 단풍이 꽃에 못지않게 가지마다 물들었다가 귀뚜라미 울음이 끊어짐과 함께 단풍의 세계가 무너지고 그 위에 하룻밤 사이에 소복이 흰 눈이 내려내려 쌓이고 화로에는 빨간 숯불이 피어오르고 많은 이야기와 많은 일이 이 화롯가에서 이루어집니다.

독자제현(讀者諸賢)! 여러분은 이 글이 쓰이는 때를 독특한 계절로 짐작해서는 아니됩니다. 아니, 봄, 여름, 가을, 겨울, 어느 철로나 상정(想定)하셔도 무방합니다. 사실 일 년 내내 봄일 수는 없습니다. 하나 이 화원에는 사철내 봄이 청춘들과 함께 싱싱하게 등대하여 있다고 하면 과분한 자기선전(自己宣傳)일까요. 하나의 꽃밭이 이루어지도록 손쉽게 되는 것이 아니라 고생과 노력이 있어야 하는 것입니다. 딴은 얼마의 단어를 모아 이 졸문(拙文)을 지적거리는 데도 내 머리는 그렇게 명석한 것은 못 됩니다. 한 해 동안을 내 두뇌로서가 아니라 몸으로서 일일이 헤아려 세포 사이마다 간직해 두어서야 몇 줄의 글이 이루어집니다. 그리하여 나에게 있어 글을 쓴다는 것이 그리 즐거운 일일 수는 없습니다. 봄바람의 고민에 짜들고 녹음(綠陰)의 권태에 시들고, 가을 하늘 감상에 울고, 노변(爐邊)의 사색에 졸다가 이 몇 줄의 글과 나의 화원과 함께 나의 일 년은 이루어집니다.

시간을 먹는다는(이 말의 의의와 이 말의 묘미는 칠판 앞에 서 보신 분과 칠판 밑에 앉아 보신 분은 누구나 아실 것입니다) 것은 확실히 즐거운 일임이 틀림없습니다. 하루를 휴강한다는 것보다(하긴 슬그머니 까먹어 버리면 그만이지만) 다못 한 시간, 숙제를 못 해왔다든가 따분하고 졸리고 한때, 한 시간의 휴강은 진실로 살로 가는 것이어서, 만일 교수가 불편하여서 못 나오셨다고 하더라도 미처 우리들의 예의를 갖출 사이가 없는 것입니다. 그러나 이것을 우리들의 망발과 시간의 낭비라고 속단하셔선 아니됩니다. 여기에 화원이 있습니다. 한 포기 푸른 풀과 한 떨기의 붉은 꽃과 함께 웃음이 있습니다. 노-트장을 적시는 것보다 한우충동(汗牛充棟)에 묻혀 글줄과 씨름하는 것보다 더 정확한 진리를 탐구할 수 있을는지, 보다 더 많은 지식을 획득할 수 있을는지, 보다 더 효과적인 성과가 있을지를 누가 부인하겠습니까.

나는 이 귀한 시간을 슬그머니 동무들을 떠나서 단 혼자 화원을 거닐 수 있습니다. 단 혼자 꽃들과 풀들과 이야기할 수 있다는 것이 얼마나 다행한 일이겠습니까. 참말 나는 온정으로 이들을 대할수 있고 그들은 나를 웃음으로 맞아 줍니다. 그 웃음을 눈물로 대한다는 것은 나의 감상일까요. 고독, 정적도 확실히 아름다운 것임에 틀림이 없으나, 여기에 또 서로 마음을 주는 동무가 있는 것도 다행한 일이 아닐 수 없습니다. 우리 화원 속에 모인 동무들 중에, 집에 학비를 청구하는 편지를 쓰는 날 저녁이면 생각하고 생각하던 끝 겨우 몇 줄 써 보낸다는 A군, 기뻐해야 할 서류(통칭 월급봉투)를 받아든 손이 떨린다는 B군, 사랑을 위하여서는 밥맛을 잃고 잠을 잊어버린다는 C군, 사상적(思想的) 당착(撞着)에 자살을 기약한다는 D군…… 나는 이 여러 동무들의 갸륵한 심정을 내것인 것처럼 이해할 수 있습니다. 서로 너그러운 마음으로 대할수 있습니다.

나는 세계관, 인생관, 이런 좀 더 큰 문제보다 바람과 구름과 햇빛과 나무와 우정, 이런 것들에 더 많이 괴로워해왔는지도 모르겠습니다. 단지 이 말이 나의 역설이나, 나 자신을 흐리는 데 지날뿐일까요. 일반은 현대 학생 도덕이 부패했다고 말합니다. 스승을 섬길 줄을 모른다고들 합니다. 옳은 말씀들입니다. 부끄러울 따름입니다. 하나 이 결함을 괴로워하는 우리들 어깨에 지워 광야로 내쫓아버려야 하나요, 우리들의 아픈 데를 알아주는 스승, 우리들의 생채기를 어루만져주는 따뜻한 세계가 있다면 박탈된 도덕일

지언정 기울여 스승을 진심으로 존경하겠습니다. 온정의 거리에서 원수를 만나면 손목을 붙잡고 목놓아 울겠습니다.

세상은 해를 거듭 포성(砲聲)에 떠들썩하건만 극히 조용한 가운데 우리들 동산에서 서로 융합할 수 있고 이해할 수 있고 종전의 ×가 있는 것은 시세(時勢)의 역효과일까요.

봄이 가고, 여름이 가고, 가을, 코스모스가 홀홀이 떨어지는 날 우주의 마지막은 아닙니다. 단풍의 세계가 있고― 이상이견빙지(履霜而堅氷至)― 서리를 밟거든 얼음이 굳어질 것을 각오하라가 아니라, 우리는 서릿발에 끼친 낙엽을 밟으면서 멀리 봄이 올 것을 믿습니다.

노변(爐邊)에서 많은 일이 이뤄질 것입니다.

종시(終始)

종점이 시점이 된다. 다시 시점이 종점이 된다.

아침저녁으로 이 자국을 밟게 되는데 이 자국을 밟게 된 연유가 있다. 일찍이 서산대사가 살았을 듯한 우거진 송림 속, 게다가 덩그러니 살림집은 외따로 한 채 뿐이었으나 식구로는 굉장한 것이어서 한 지붕 밑에서 팔도 사투리를 죄다 들을 만큼 모아놓은 미끈한 장정들만이 욱실욱실하였다. 이곳에 법령은 없었으나 여인 금납구(禁納區)였다. 만일 강심장의 여인이 있어 불의의 침입이 있다면 우리들의 호기심을 적이 자아내었고 방마다 새로운 화제(話題)가 생기곤 하였다. 이렇듯 수도생활에 나는 소라 속처럼 안도하였던 것이다.

사건이란 언제나 큰 데서 동기가 되는 것보다 오히려 작은 데서 더 많이 발작하는 것이다.

눈 온 날이었다. 동숙(同宿)하는 친구의 친구가 한 시간 남짓한 문(門)안 들어가는 차 시간까지를 낭비하기 위하여 나의 친구를 찾아 들어와서 하는 대화였다.

"자네 여보게 이 집 귀신이 되려나?"

"조용한 게 공부하기 작히나 좋지 않은가."

"그래 책장이나 뒤적뒤적하면 공분 줄 아나, 전차간에서 내다볼 수 있는 광경, 정거장에서 맛볼 수 있는 광경, 다시 기차 속에서 대할 수 있는 모든 일들이 생활 아닌 것이 없거든 생활 때문에 싸우는 이 분위기에 잠겨서, 보고, 생각하고, 분석하고, 이거야 말로 진정한 의미의 교육이 아니겠는가 여보게! 자네 책장만 뒤지고 인생이 어떠하니 사회가 어떠하니 하는 것은 16세기에서나 찾아볼 일일세, 단연 문안으로 나오도록 마음을 돌리게."

나한테 하는 권고는 아니었으나 이 말에 귀틈이 뚫려 상푸둥* 그러리라고 생각하였다. 비단 여기만이 아니라 인간을 떠나서 도를 닦는 것이 한낱 오락이요, 오락이매 생활이 될 수 없고 생활이 없으매 이 또한 죽은 공부가 아니랴. 공부도 생활화하여야 되리라 생각하고 불일내에 문안으로 들어가기를 내심으로 단정해 버렸다. 그 뒤 매일같이 이 자국을 밟게 된 것이다.

나만 일찍이 아침거리의 새로운 감촉을 맛볼 줄만 알았더니 벌써 많은 사람들의 발자국에 포도(鋪道)는 어수선할 대로 어수선했고 정류장에 머물 때마다 이 많은 무리를 죄다 꾸역꾸역 자꾸 박아 싣는데 늙은이 젊은이 아이 할 것 없이 손에 꾸러미를 안 든 사람은 없다. 이것이 그들 생활의 꾸러미요, 동시에 권태의 꾸러

민지도 모르겠다.

이 꾸러미를 든 사람들의 얼굴을 하나하나씩 뜯어보기로 한다. 늙은이 얼굴이란 너무 오래 세파에 짜들어서 문제도 안 되겠거니와 그 젊은이들 낯짝이란 도무지 말씀이 아니다. 열이면 열이 다 우수(憂愁) 그것이요, 백이면 백이 다 비참 그것이다. 이들에게 웃음이란 가뭄에 콩싹이다. 필경 귀여우리라는 아이들의 얼굴을 보는 수밖에 없는데 아이들의 얼굴이란 너무나 창백하다. 혹시 숙제를 못해서 선생한테 꾸지람 들을 것이 걱정인지 풀이 죽어 쭈그러뜨린 것이 활기란 도무지 찾아볼 수 없다. 내 상도 필연코 그 꼴일 텐데 내 눈으로 그 꼴을 보지 못하는 것이 다행이다. 만일 다른 사람의 얼굴을 보듯 그렇게 자주 내 얼굴을 대한다고 할 것 같으면 벌써 요사(夭死)하였을는지도 모른다.

나는 내 눈을 의심하기로 하고 단념하자!

차라리 성벽 위에 펼친 하늘을 쳐다보는 편이 더 통쾌하다. 눈은 하늘과 성벽 경계선을 따라 자꾸 달리는 것인데 이 성벽이란 현대로서 캄푸라지*한 옛 금성(禁城)이다. 이 안에서 어떤 일이 이루어졌으며 어떤 일이 행하여지고 있는지 성 밖에서 살아왔고 살고 있는 우리들에게는 알 바가 없다. 이제 다만 한 가닥 희망은 이 성벽이 끊어지는 곳이다.

기대는 언제나 크게 가질 것이 못 되어서 성벽이 끊어지는 곳에 총독부, 도청, 무슨 참고관, 체신국(遞信局), 신문사, 소방조(消防

組), 무슨 주식회사, 부청(府廳), 양복점, 고물상 등 나란히 하고 연달아 오다가 아이스케이크 간판에 눈이 잠깐 머무는데 이놈을 눈내린 겨울에 빈 집을 지키는 꼴이라든가 제 신분에 맞지 않는 가게를 지키는 꼴을 살짝 필름에 올려 본달 것 같으면 한 폭의 고등(高等) 풍자만화가 될 터인데 하고 나는 눈을 감고 생각하기로 한다. 사실 요즈음 아이스케이크 간판 신세를 면치 아니치 못할 자 얼마나 되랴. 아이스케이크 간판은 정열에 불타는 염서(炎署)가 진정코 아쉽다.

눈을 감고 한참 생각하노라면 한 가지 거리끼는 것이 있는데 이것은 도덕률이란 거추장스러운 의무감이다. 젊은 녀석이 눈을 딱 감고 버티고 앉아 있다고 손가락질 하는 것 같아 번쩍 눈을 떠본다. 하나 가까이 자선(慈善)할 대상이 없음에 자리를 잃지 않겠다는 심정보다 오히려 아니꼽게 본 사람이 없으리란 데 안심이 된다.

이것은 과단성(果斷性) 있는 동무의 주장이지만 전차에서 만난 사람은 원수요, 기차에서 만난 사람은 지기(知己)라는 것이다. 딴은 그러리라고 얼마큼 수긍하였었다. 한자리에서 몸을 비비적거리면서도 "오늘은 좋은 날씨올시다" "어디서 내리시나요" 쯤의 인사는 주고받을 법한데 일언반구 없이 뚱 – 한 꼴들이 작히나 큰 원수를 맺고 지내는 사이들 같다. 만일 상냥한 사람이 있어 요만쯤의 예의를 밟는다고 할 것 같으면 전차 속의 사람들은 이를 정신이상자로 대접할게다. 그러나 기차에서는 그렇지 않다. 명함을

서로 바꾸고 고향 이야기, 행방(行方) 이야기를 거리낌없이 주고
받고 심지어 남의 여로(旅路)를 자기의 여로인 것처럼 걱정하고,
이 얼마나 다정한 인생행로냐?

이러는 사이에 남대문을 지나쳤다. 누가 있어 "자네 매일같이
남대문을 두 번씩 지날 터인데 그래 늘 보곤 하는가"라는 어리석
은 듯한 멘탈 테스트를 낸다면 나는 아연해지지 않을 수 없다. 가
만히 기억을 더듬어 본달 것 같으면 늘이 아니라 이 자국을 밟은
이래 그 모습을 한번이라도 쳐다본 적이 있었던 것 같지 않다. 하
기는 나의 생활에 긴한 일이 아니매 당연한 일일게다. 하나 여기
에 하나의 교훈이 있다. 횟수가 너무 잦으면 모든 것이 피상적이
되어버리나니라.

이것과는 관련이 먼 이야기 같으나 무료한 시간을 까기 위하여
한마디 하면서 지나가자.

시골서는 내로라하는 양반이었던 모양인데 처음 서울 구경을
하고 돌아가서 며칠 동안 배운 서울 말씨를 섣불리 써가며 서울
거리를 손으로 형용하고 말로써 떠벌려 옮겨 놓더라는데, 정거
장에 턱 내리니 앞에 고색이 창연한 남대문이 반기는 듯 가로막
혀 있고, 총독부 집이 크고 창경원에 백가지 금수(禽獸)가 봄직하
고, 덕수궁의 옛 궁전이 회포를 자아냈고, 화신* 승강기는 머리가
휭 - 했고, 본정(本町)엔 전등이 낮처럼 밝은데 사람이 물밀듯 밀
리고, 전차란 놈이 윙윙 소리를 지르며 지르며 연달아 달리고—

서울이 자기 하나를 위하여 이루어진 것처럼 우쭐했는데 이것쯤
은 있을 듯한 일이다. 한데 게도 방정꾸러기가 있어

　"남대문이란 현판(懸板)이 참 명필이지요."

　하고 물으니 대답이 걸작이다.

　"암 명필이고말고 남자 대자 문자 하나하나가 살아서 막 꿈틀
거리는 것 같데."

　어느 모로나 서울자랑 하려는 이 양반으로서는 가당(可當)한 대
답일 게다. 이분에게 아현동 고개 막바지에,― 아니 치벽한 데 말
고,― 가차이 종로 뒷골목에 무엇이 있던가를 물었다면 얼마나 당
황해 했으랴.
　나는 종점을 시점으로 바꾼다.
　내가 내린 곳이 나의 종점이오. 내가 타는 곳이 나의 시점이 되
는 까닭이다. 이 짧은 순간 많은 사람들 속에 나를 묻는 것인데 나
는 이네들에게 너무나 피상적이 된다. 나의 휴머니티를 이네들에
게 발휘해낸다는 재주가 없다. 이네들의 기쁨과 슬픔과 아픈 데를
나로서는 측량한다는 수가 없는 까닭이다. 너무 막연하다. 사람이
란 횟수가 잦은 데와 양이 많은 데는 너무나 쉽게 피상적이 되나

보다. 그럴수록 자기 하나 간수하기에 분주하나 보다.

시그널을 밟고 기차는 왱— 떠난다. 고향으로 향한 차도 아니건만 공연히 가슴은 설렌다. 우리 기차는 느릿느릿 가다 숨차면 가정거장(假停車場)에서도 선다. 매일같이 웬 여자들인지 주룽주룽 서 있다. 저마다 꾸러미를 안았는데 예의 그 꾸러민 듯싶다. 다들 방년(芳年)된 아가씨들인데 몸매로 보아하니 공장으로 가는 직공들은 아닌 모양이다. 얌전히들 서서 기차를 기다리는 모양이다. 판단을 기다리는 모양이다. 하나 경망스럽게 유리창을 통하여 미인 판단을 내려서는 안 된다. 피상적 법칙이 여기에도 적용될지 모른다. 투명한 듯하나 믿지 못할 것이 유리다. 얼굴을 찌깨논 듯이 한다든가 이마를 좁다랗게 한다든가 코를 말코로 만든다든가 턱을 조개턱으로 만든다든가 하는 악희(惡戲)를 유리창이 때때로 감행하는 까닭이다. 판단을 내리는 자에게는 별반 이해관계가 없다손 치더라도 판단을 받는 당자(當者)에게 오려던 행운이 도망갈는지를 누가 보장할소냐. 여하간 아무리 투명한 꺼풀일지라도 깨끗이 벗겨버리는 것이 마땅할 것이다.

이윽고 터널이 입을 벌리고 기다리는데 거리 한가운데 지하철도도 아닌 터널이 있다는 것이 얼마나 슬픈 일이냐. 이 터널이란 인류 역사의 암흑시대요 인생행로의 고민상(苦悶相)이다. 공연히 바퀴 소리만 요란하다. 구역날 악질의 연기가 스며든다. 하나 미구(未久)에 우리에게 광명의 천지가 있다.

터널을 벗어났을 때 요즈음 복선공사(複線工事)에 분주한 노동 자들을 볼 수 있다. 아침 첫차에 나갔을 때에도 일하고 저녁 늦차에 들어올 때에도 그네들은 그대로 일하는데 언제 시작하여 언제 그치는지 나로서는 헤아릴 수 없다. 이네들이야말로 건설의 사도들이다. 땀과 피를 아끼지 않는다.

그 육중한 도락구*를 밀면서도 마음만은 요원(遙遠)한 데 있어 도락구 판장에다 서투른 글씨로 신경행(新京行)이니 북경행(北京行)이니 남경행(南京行)이니 라고 써서 타고 다니는 것이 아니라 밀고 다닌다. 그네들의 마음을 엿볼 수 있다. 그것이 고력(苦力)에 위안이 안 된다고 누가 주장하랴.

이제 나는 곧 종시를 바꿔야 한다. 하나 내 차에도 신경행, 북경행, 남경행을 달고 싶다. 세계일주행이라고 달고 싶다. 아니 그보다도 진정한 내 고향이 있다면 고향행을 달겠다. 도착해야 할 시대의 정거장이 있다면 더 좋다.

* 상푸등 : 과연. 모르면 몰라도
* 캄푸라지 : 위장을 뜻하는 'camouflage'의 옛날식 발음
* 화신 : 1930년도에 서울 종로구 인사동에 위치했던 백화점
* 도락구 : 일본어 '트럭'의 옛말

강처중 발문(跋文)

　동주는 별로 말주변도 사귐성도 없었건만 그의 방에는 언제나 친구들이 가득 차 있었다. 아무리 바쁜 일이 있더라도 "동주 있나" 하고 찾으면 하던 일을 모두 내던지고 빙그레 웃으며 반갑게 마주 앉아주는 것이었다.

　"동주 좀 걸어보자구" 이렇게 산책을 청하면 싫다는 적이 없었다. 겨울이든 여름이든 밤이든 새벽이든 산이든 들이든 강가든 아무 때 아무데를 끌어도 선뜻 따라 나서는 것이었다. 그는 말이 없이 묵묵히 걸었고, 항상 그의 얼굴은 침울하였다. 가끔 그러다가 외마디 비통한 고함을 잘 질렀다.

　"아—" 하고 나오는 외마디 소리! 그것은 언제나 친구들의 마음에 알지 못할 울분을 주었다.

　"동주 돈 좀 있나" 옹색한 친구들은 곧잘 그의 넉넉지 못한 주머니를 노리었다. 그는 있고서 안 주는 법이 없었고 없으면 대신 외투든 시계든 내주고야 마음을 놓았다. 그래서 그의 외투나 시계는 친구들의 손을 거쳐서 전당포 나들이를 부지런히 하였다.

이런 동주도 친구들에게 굳이 거부하는 일이 두 가지 있었다. 하나는 "동주 자네 시 여기를 좀 고치면 어떤가" 하는데 대하여 그는 응하여 주는 때가 없었다. 조용히 열흘이고 한 달이고 두 달이고, 곰곰이 생각하여서 한 편 시(詩)를 탄생시킨다. 그때까지는 누구에게도 그 시를 보여주지 않는다. 이미 보여주는 때는 흠이 없는 하나의 옥(玉)이다. 지나치게 그는 겸허온순하였건만, 자기의 시만은 양보하지 않았다.

　또 하나 그는 한 여성을 사랑하였다. 그러나 이 사랑을 그 여성에게도 친구들에게도 끝내 고백하지 않았다. 그 여성도 모르고 친구들도 모르는 사랑을, 회답도 없고 돌아오지도 않는 사랑을 제 홀로 간직한 채 고민도 하면서 희망도 하면서…… 쑥스럽다 할까 어리석다 할까? 그러나 이제와 고쳐 생각하니 이것은 하나의 여성에 대한 사랑이 아니라 이루어지지 않을 '또 다른 고향'에 대한 꿈이 아니었던가. 어쨌던 친구들에게 이것만은 힘써 감추었다.

　그는 간도에서 나고 일본 복강에서 죽었다. 이역(異域)에서 나고 갔건만 무던히 조국을 사랑하고 우리말을 좋아하더니 ─ 그는 나의 친구도 하려니와 그의 아잇적 동무 송몽규와 함께 '독립운동'의 죄명으로 2년형을 받아 감옥에 들어간 채 마침내 모진 악형에 쓰러지고 말았다. 그것은 몽규와 동주가 연전을 마치고 경도에 가서 대학생 노릇하던 중도의 일이었다.

　"무슨 뜻인지 모르나 마지막 외마디 소리를 지르고 운명했지요. 짐작컨대 그 소리가 '조선독립만세'를 부르는 듯 느껴지더군요."

이 말은 동주의 최후를 감시하던 일본인 간수가 그의 시체를 찾으러 복강 갔던 그 유족에게 전하여 준 말이다. 그 비통한 외마디 소리! 일본 간수야 그 뜻을 알리야만 저도 그 소리에 느낀 바 있었나 보다. 동주, 감옥에서 외마디 소리로서 아주 가버리니 그 나이 스물아홉, 바로 해방되던 해다. 몽규도 그 며칠 뒤 따라 옥사(獄死)하니 그도 재사(才士)였느니라. 그들의 유골은 지금 간도에서 길이 잠들었고 이제 그 친구들의 손을 빌려 동주의 시는 한 책이 되어 길이 세상에 전하여지려 한다.

불러도 대답 없을 동주 몽규였건만 헛되나마 다시 부르고 싶은 동주! 몽규!

강처중

하늘과 바람과 별과 시

하늘과 바람과 별,
그리고 시를 사랑한 민족시인

윤동주는 1917년 12월 30일에 만주에서 태어났다. 윤동주의 할아버지를 중심으로 명동에 살던 온 가족이 1900년에 만주로 이주한 지 17년 만이었다. 만주로 이주한 것은 조선의 경제적·정치적 하락세가 원인이었다.

윤동주의 할아버지인 윤하현은 명동교회의 장로였는데, 19세기 말에는 기독교가 한국에 들어오기 전이었기 때문에 교회 장로는 흔치 않았다. 윤동주의 아버지 윤영석은 명동초등학교에서 교사로 근무하고 있었다. 그 당시에는 정식 교육을 받기도 어려웠으며, 윤동주의 할아버지와 같이 서구적인 사상을 갖고 있는 사람은 매우 드물었다. 이런 주변 환경이 윤동주가 사상가 그리고 시인으로 성장하는 데 영향을 끼친 것으로 보인다.

윤동주는 1925년, 평생의 친구이자 사촌이었던 송몽규와 함께 명동소학교에 입학했다. 이후 5학년 때에 송몽규와 함께 문예지 《새 명동》을 등사판에 인쇄해 출판했으며 본격적으로 시를 짓기 시작했다. 이후 윤동주는 1932년에 용정에 있는 은진중학교에 입학했다가 1935년 평양에 있는 숭실중학교로 전학했다. 그 후로 시를 자주 쓰기 시작했고 글의 깊이가 더해졌다. 〈삶과 죽음〉 그리고 〈양초〉 등의 작품을 통해 윤동주는 당시 자신이 느꼈던 생각을 표현했다.

1936년 11월부터 윤동주는 연길에서 발행되던 어린이 잡지 《카톨릭 소년》에 시를 발표하기 시작했다. 이 때 이미 40여편의 시를 써 둔 상태였다.

그러던 1938년, 윤동주는 서울의 연희전문대학 문과에 입학했고 유명한 언어학자인 최현배 교수와 영문학을 가르치는 이양하 교수로부터 많은 영향을 받았다. 최현배 교수는 국어의 중요성과 일본어 사용을 중단할 것을 강조했다. 이양하 교수는 윤동주에게 서양의 시들을 소개했고 윤동주가 시에 온 힘과 관심을 쏟도록 도왔다.

방학 기간에 윤동주는 집으로 돌아가 그의 두 남동생 그리고 여동생과 함께 시간을 보냈다. 윤동주는 때때로 외국 시집을 읽기도 하고, 철학 서적을 읽기도 했다. 특히 덴마크의 철학가인 키에르케고르의 책을 많이 읽었는데, 키에르케고르의 실존주의적 사상들은 윤동주의 시에 많은 영향을 주었다.

대학교를 졸업한 그는 그의 자작시들 중에 19편을 선정하여 《하늘과 바람과 별과 시》를 출판하려 했다. 하지만 스승인 이양하 교수는 제자인 윤동주의 안전을 염려하여 출판을 만류했다. 이양하 교수는 〈십자가〉와 〈슬픈 족속〉을 실은 윤동주의 시집을 일본인들이 절대로 출판을 못하게 할 것이라고 생각했다. 〈십자가〉는 삶이 마치 십자가에 못 박힌 것 같다는 사실을 말하고 있었고 〈슬픈 족속〉은 일제 강점기하의 역경을 묘사하고 있었기 때문이다.

윤동주는 문학을 계속해서 공부하고 싶었지만, 한국에서는 학업을 계속할 수 없었기 때문에 일본으로 가야 했다. 일본에서 공부를 하려면 동주라는 이름을 버리고 창씨개명을 해야만 했다. 윤동주는 결국 '히라누마 도쥬'라는 이름을 사용했고 자작시 〈참회록〉에 그 당시 그가 겪었던 내적 갈등을 표현했다.

1943년 일본은 전쟁에서 이기기 위해 대부분의 한국인 학생들을 전쟁에 끌어들였다. 징집되지 않은 윤동주는 자기 조국을 위해서 할 수 있다는 것이 없다는 이유로 고통스러워했다. 그리고 괴로운 감정들을 〈흰 그림자〉 그리고 〈쉽게 쓰여진 시〉 등의 자작시

일본 유학 첫 해인 1942년 여름방학에 귀향한 윤동주 (1942.8.4)
○표 윤동주, △표 송몽규, 앞줄 왼쪽이 윤영선 (윤동주의 당숙이자 친구), 오른쪽이 김추형 (윤영선의 조카사위), 뒷줄 왼쪽이 윤길현 (윤동주 조부의 육촌 동생)

에 담았다.

　일본은 한국의 인재들이 일본에 대항하지 못하게 하기 위해 감시를 늦추지 않았다. 이때 윤동주도 일본에 감시 아래 있던 인재 중 한 사람이었다. 그러던 1943년 7월 10일, 송몽규는 한국독립운동에 참여했다는 의심을 받아 일본 경찰에 체포되었다. 4일 후 윤동주도 같은 이유로 체포되었다. 1944년 5월 31일 교토 법원에서는 윤동주에게 2년의 실형을 내렸다. 그리고 독립 6개월 전인 1945년 2월 16일, 윤동주는 후쿠오카형무소에서 29세의 나이로 세상을 떠났다. 사인(死因)은 확실하지 않지만 송몽규의 증언에 의하면 일본의 생체 실험에 연루되어 정체불명의 주사를 계속 맞은 것이 원인으로 알려져 있다.

윤동주의 〈쉽게 쓰여진 시〉는 한국 해방 후에 발표된 첫 시로 알려져 있다. 이 시는 1947년 경향신문에 실렸다. 한국 시의 현대화를 이끈 정지용 시인이 이 시를 소개했는데, 정지용은 윤동주가 암흑의 시대에 조국을 위해서 시를 썼다는 것은 무척 위대한 일이라고 평가했다. 그리고 만약에 윤동주가 살아있다면 한국의 시는 더 발전했을 것이라고 덧붙였다.

1990년 8월 15일 정부는 윤동주의 공훈을 기려 대한민국 건국훈장 독립장을 수여했다. 윤동주가 태어난 지 75년 후인 1992년 12월에는 문화체육관광부에서 그를 '이달의 문화인물'로 선정하기도 했다.

비록 이른 나이에 세상을 떠났지만, 윤동주는 한국에서 가장 사랑받는 시인 중 한 사람이다. 학자와 대중들은 윤동주의 작품들을 계속 읽으며 그에 대한 연구와 관심을 이어가고 있다.

죽는 날까지 하늘을 우르러

한 점 부끄럼이 없기를,

잎새에 이는 바람에도

나는 괴로워했다.

별을 노래하는 마음으로

모든 죽어가는 것을 사랑해야지

그리고 나안테 주어진 길을

거러가야겠다.

오늘 밤에도 별이 바람에 스치운다.

1941. 11. 20.

〈서시〉 친필 원고

1917년   12월 30일 만주 간도성 화룡현 명동촌에서 아버지 윤영석과
          어머니 김용의 맏아들로 태어났다.

1925년   명동소학교에 입학했다. 같은 학년에 고종사촌 송몽규, 당숙
          윤영선, 외사촌 김정우, 문익환 등이 있었다.

1927년   명동소학교 5학년 때에 급우들과 함께 《새 명동》이라는 문
          예지를 등사판으로 제작해 인쇄했다.

1931년   명동소학교 졸업 후 송몽규, 김정우와 함께 명동에서 조금
          떨어진 곳에 있는 화룡헌립 제일소학교 고등과에 편입하여
          1년간 공부했다.

1932년   용정의 기독교 계열 학교인 은진중학교에 송몽규, 문익환과
          함께 입학했다. 명동에서 20리 정도 떨어진 이곳으로 통학
          하기 위해 가족 모두가 용정으로 이사했다.

1934년   〈초 한 대〉〈삶과 죽음〉〈내일은 없다〉 등 3편의 시를 썼다.
          이는 오늘날 찾아 볼 수 있는 윤동주의 최초 작품이며, 이때
          부터 자기 시 작품에 시작(詩作) 날짜를 기록하고 있다.

1935년   은진중학교 4학년 1학기를 마치고 평양 숭실중학교 3학년
          2학기로 편입한다. 숭실중학교 YMCA 문예부에서 내던《숭
          실활천》제15호에 〈공상〉을 발표했다.

1936년   숭실중학교에 대한 신사참배 강요에 항의하여 자퇴하고 고
          향 용정으로 돌아와 5년제인 광명학원 중학부 5학년에 편
          입했다. 간도에서 발행되던《카톨릭 소년》11월호에 동시
          〈병아리〉, 12월호에 〈빗자루〉를 윤동주(尹東柱)란 이름으로
          발표했다.

1937년   《카톨릭 소년》1월호에 동시 〈오줌싸개 지도〉, 3월호에
          〈무얼 먹고 사나〉, 10월호에 〈거짓부리〉를 윤동주란 이름으
          로 각기 발표했다. 진로 문제로 문학을 희망하면서 의학을

선택하라는 아버지와 갈등하나, 할아버지의 권유로 문학 관련 학과에 진학하기로 했다.

1938년   광명중학교를 졸업하고 서울 연희전문대학 문과에 입학, 기숙사 생활을 시작했다. 같은 해 송몽규도 윤동주와 함께 연희전문대학에 입학했다. 외솔 최현배 선생에게 조선어를 배우고 이양하 교수에게서 영시를 배웠다.

1939년   조선일보 학생란에 산문 〈달을 쏘다〉(1.23), 시 〈유언〉(2.6) 〈아우의 인상화〉(10. 17)를 윤동주(尹東柱)와 윤주(尹柱)라는 이름으로 발표했다. 동시 〈산울림〉을 《소년》 3월호에 윤동주(尹東柱)란 이름으로 발표했다. 새로 연희전문대학에 입학한 하동 학생 정병욱을 알게 되어 친해진다. 정병욱과 함께 이화여자전문대학 구내 형성교회에 다니며 영어 성서반에 참석한다.

1941년   정병욱과 함께 기숙사에서 나와 종로구 누상동 9번지의 소설가 김송의 집에서 하숙하기 시작했으나 요시찰인 김송과 학생들에 대한 일본 경찰의 주목이 심하여 그곳을 나와 북아현동의 전문인 하숙집으로 들어갔다. 연희전문대학 졸업 기념으로 19편의 작품을 모아 자선시집

《하늘과 바람과 별과 시(詩)》를 77부 한정판으로 출간하려 했으나, 당시 흉흉한 세상을 걱정한 주변인들의 만류로 뜻을 이루지 못하고 시집을 3권을 제작하여 한 부는 자신이 가지고, 이양하 선생과 정병욱에게 1부씩 증정했다. 본래 이 시집의 제목은 병든 사회를 치유한다는 상징적 의미로 '병원'이었으나 〈서시(序詩)〉를 쓴 후 바꾸었다. 같은 해에 일본 유학을 위해 '히라누마'라는 이름을 사용했다.

1942년 고국에서 쓴 마지막 작품이 된 시 〈참회록〉을 썼다. 도쿄의 릿쿄대학 문학부 영문과에 입학했다. 〈쉽게 쓰여진 시(詩)〉 등 이 때 쓴 시 5편을 서울의 친구에게 보냈다. 오늘날 볼 수 있는 윤동주의 생전 마지막 작품들이 대부분 이때 쓰였다.

1943년 송몽규가 교토 시모가모 경찰서에 독립운동 혐의로 검거됐다. 윤동주는 고향에 가려고 준비하다가 송몽규와 같은 혐의로 검거됐고, 이때 윤동주가 썼던 작품과 일기가 압수됐다. 당숙 윤영춘이 교토로 면회갔을 때 윤동주가 일본 형사와 대좌하여 우리말 작품과 일기를 일어로 번역하고 있는 것을 목격했다고 전해진다.

1944년 교토 지방재판소에서 '독립운동' 죄목으로 2년형을 언도 받았다. 송몽규 역시 같은 죄목으로 2년형을 언도 받고 이후 둘 다 큐슈 후쿠오카 형무소에 수감되었다.

1945년 2월 16일, 큐슈 후쿠오카 형무소에서 사망했다.

큰글씨 하늘과 바람과 별과 시

초판 1쇄 펴낸 날 2018년 1월 30일

지 은 이 윤동주
펴 낸 이 장영재
펴 낸 곳 (주)미르북컴퍼니
자 회 사 더스토리
전   화 02)3141-4421
팩   스 02)3141-4428
등   록 2012년 3월 16일(제313-2012-81호)
주   소 서울시 마포구 성미산로32길 12, 2층 (우 03983)
E-mail sanhonjinju@naver.com
카   페 cafe.naver.com/mirbookcompany

(주)미르북컴퍼니는 독자 여러분의 의견에
항상 귀 기울이고 있습니다.